AF395190

L'ENRÔLÉ

VOLONTAIRE.

Épître.

Par le Baron de B....

A PARIS,

Chez DENTU, libraire, Palais-Royal, Galerie

du bois.

An 1820.

A PÉRIGUEUX, DE L'IMPRIMERIE DE F. DUPONT.

L'ENRÔLÉ VOLONTAIRE.

Épître.

Est-il vrai, cher Alfred, enrôlé volontaire,
Pour les armes épris d'un goût héréditaire,
Oubliant tes plaisirs et tes jeux enfantins,
A Bellonne tu veux confier tes destins?

Dix-huit printemps à peine ont composé ton âge,
Et tu sens ton cœur battre au seul mot de courage :
Tu fuis l'heureux séjour de tes champs paternels;
Tu dédaignes les soins et les pleurs maternels.
Je te blâme; et pourtant à cet élan sublime,
J'accorde avec plaisir une orgueilleuse estime.
Quand l'éclair enflammé brille en tes yeux hardis,
Je me souviens encor que je fus tel jadis.
Aujourd'hui, souffre au moins qu'à ta jeune vaillance,
Je donne les conseils de mon expérience.
Tu crois, brûlant déjà de la plus noble ardeur,
Qu'il suffit pour la gloire et d'un bras et d'un cœur :
Mais savoir étouffer les plaintes, les murmures;
Affronter, sans pâlir, le trépas, les blessures;

Sur le bronze tonnant fixer un œil altier,
Ce sont là, mon ami, les roses du métier.
Je veux, à tes regards déroulant ta carrière,
Jeter sur l'avenir une triste lumière.
Sur les égards qu'on doit au nom de tes aïeux,
Peut-être élèves-tu ton vol ambitieux?
Autrefois, dans ces temps et d'astuce et de brigue (1),
Où la noblesse entière obtenait, par l'intrigue,
L'honneur peu réclamé de s'immoler GRATIS
Pour les droits du monarque et le sol du pays,
Ton père, je le sais, dans les champs du carnage
Reçut un beau trépas pour prix de son courage;
Il te légua le fruit de ses exploits guerriers,
Et dans ton héritage il compta ses lauriers.
Mais Saint-C.. a parlé; les enfans de la France
Sont tous égaux en droits, égaux en espérance :
Le fils du maréchal et le fils du soldat,
Sous le même drapeau sont tout un pour l'Etat.
Ainsi périt des grands la hauteur importune :
Seul tu dois te suffire, et créer ta fortune.

Devant l'autorité tu cours avidement
Signer l'acte fatal de ton engagement :
Rien ne peut réprimer ta fougue belliqueuse.
Pressé de commencer ta vie aventureuse,
Par mes discours en vain je t'ai persécuté;
Malgré moi ton projet doit être exécuté.
Tu pars. L'illusion est d'abord ta compagne;
Tu bâtis à plaisir des châteaux en Espagne :
Mars, Plutus près de toi marchent d'un pas égal.

Le premier mille fait, te voilà général;

Peut-être mieux encor. Grâce à cette chimère,
Tu parcours le chemin d'une marche légère.
Mais bientôt le midi lance ses feux brûlans,
Te baigne de sueur, et rend tes pieds plus lents;
Sur ton front incliné brille une ardeur moins vive;
Tes yeux cherchent au loin la borne indicative.
Ce n'est pas tout : le ciel, s'épanchant à grands flot
Inonde, sans égard, un apprenti héros.
Il ne peut, sous le toit d'une chaumière amie,
De l'orage un instant éviter la furie;
Car sur la marche-route il lit que, par devoir,
A la prochaine étape il doit coucher le soir.
Mécontent, fatigué, tu parviens à ton gîte.
Là, chez le commandant tu te rends au plus vîte.
Ce chef plein de bonté, d'abord négligemment
Te renvoie au plutôt chercher un logement.
Un planton complaisant t'a conduit chez le maire :
Il a dîné dehors. Un manant secrétaire
T'examine long-temps et d'un air réfrogné :
Vu l'urgence, à la fin ton billet est signé.
Tu crois tout terminé : mais la nuit est venue;
Pour trouver ton logis, tu cours de rue en rue.
Tu vas donc soulager tes membres engourdis.....
O douleur! en entrant dans le sombre taudis,
Ton œil découvre à peine un tison solitaire,
Seul et triste foyer qui l'échauffe et l'éclaire;
Et de nombreux marmots, épuisés par la faim,
De regards dévorans ont assailli ton pain :
Il tombe de tes mains, pour calmer leur misère;
Puis, tout transi de froid, sur un lit séculaire,

Que n'agita jamais un soin voluptueux,
Tu cherches le repos dans un sommeil douteux.

Empressé de partir, tu devances l'aurore :
Le payeur, l'intendant, tous deux dorment encore ;
Avant la dixième heure ils n'ont point arrêté,
Ou ta solde de route, ou ton indemnité (2).
Cheminant d'un air triste, et portant bas l'oreille,
Tes rêves sont déjà moins brillans que la veille.
Enfin, après un mois de semblables plaisirs,
Tu parviens à ce but où tendent tes désirs.
Partageant le dur lit d'un héros subalterne,
Pour la première fois tu dors à la caserne ;
Mais de l'instruction le fatigant détail,
Aux premiers feux du jour te rappelle au travail.
Pour fêter dignement ton heureuse arrivée,
On confie à tes soins la première corvée.
Colonels, officiers, sergens et caporaux
Ont même autorité dans des rangs inégaux ;
Chacun d'eux, tour à tour, prescrit, exige, ordonne :
Tous ont des droits sur toi, tu n'en as sur personne.

Naguère, pauvre Alfred, sous ton toit fortuné,
Tu ne connus d'appel que celui du dîné.
A l'heure pour avoir manqué d'une minute,
Te voilà consigné : mais rien ne te rebute.
La route t'a séduit, et tu t'illustreras,
Car les premiers galons enfin parent ton bras.
Ce beau commencement de maréchal de France,
Fait tressaillir ton cœur de joie et d'espérance ;
L'épaulette à tes vœux s'offre dans l'avenir :

Mais que de longs travaux avant d'y parvenir !

De la guerre un ministre obtient le porte-feuille,
Il t'a connu jadis, et sa bonté t'accueille :
Au comble de tes vœux te voilà parvenu ;
Sans doute le brevet enfin est obtenu.
Pour le prochain travail un commis te l'assure ;
Ta lettre de service est à la signature.
Jeune homme, tu le crois ! sur ton sort à venir,
Le conseil tout entier devra se réunir.
Après de longs retards, Nosseigneurs, en séance,
Délaisseront pour toi les destins de la France.
Il a paru le jour où tes droits contestés
Sont, par le président, savamment discutés :
Justice, intérieur, finances et marine,
Chacun, au tour fixé, voit, contrôle, examine ;
Tout dépend à la fin du dernier opinant,
Et le garde-des-sceaux te fait sous-lieutenant (3).
Ivre de ton bonheur, cette faveur première
Te paraît le garant d'une illustre carrière ;
D'avance savourant des honneurs incertains,
Tu prétends t'élever à de plus hauts destins.
Avide des leçons des héros et des âges,
Des plus fameux guerriers tu relis les ouvrages ;
Dans le calme des nuits, avec soin médités,
Et Polybe et Rogniat sont par toi commentés :
Pour pénétrer de l'art les sublimes merveilles,
Tu te nourris du fruit de leurs savantes veilles ;
Et de divers travaux occupé tour à tour,
Tu te rends digne enfin de commander un jour,
Cependant ton rival suit une autre pratique :

Tout chaud des résultats d'une fête bachique,
Chaque soir le revoit languissant, affaibli,
Dans un pesant sommeil tomber enseveli.
Indolent par plaisir, sans talent, sans étude,
Les arrêts ont pour lui le prix de l'habitude :
Ses principes sont nuls, son courage douteux,
Sa conduite blâmable et ses excès honteux.
Un vieux chef, que des ans le poids cruel accable,
Loin des camps va chercher un repos honorable ;
Et terminant enfin de pénibles travaux,
Il laisse un noble espoir à ses jeunes rivaux.
Tout prêt à prononcer sur toi, sur ton émule,
Un commis a du corps relu la matricule ;
Du grade, par tes droits, tu te crois assuré :
L'autre a deux jours de plus, et l'autre est préféré (4).
Que je plains de Louis le siècle et la mémoire !
En vain ses généraux, chéris par la victoire,
Ont légué leurs grands noms à la postérité,
Ils n'étaient point héros par ancienneté.
Si G...... eût été ministre sous ce règne,
Turenne, avec orgueil, serait mort porte-enseigne ;
Et peut-être à trente ans, grâce à sa belle loi,
On eût vu caporal le vainqueur de Rocroi (*).

Tandis que justement ta colère s'épanche,
Le destin te prépare une noble revanche :
L'Europe, après dix ans d'un paisible sommeil,
Aux sons fiers du clairon proclame son réveil.
De la Seine au Volga, le démon de la guerre

(*) Condé vainquit a Rocroi, a l'âge de 22 ans.

Par d'affreux hurlemens a fait trembler la terre ;
La victoire à ses fils a promis des succès ,
Et Louis à la gloire invite les Français.
A cet auguste appel , ami , ton sein palpite ;
Tu ne crois pas pouvoir y répondre assez vîte.
Mais avant d'affronter les foudres du trépas ,
Que de nuits sans sommeil ! que de jours sans repas !
La trompette a sonné ; les tambours lui répondent ;
Dans les échos voisins mille bruits se confondent.
Les temps sont accomplis : déjà des nations
Se menacent de près les nombreux bataillons ;
Déjà d'affreux débris la plaine est parsemée ;
La mort vole au hasard. Dans l'une et l'autre armée,
Tout s'exerce au métier destructeur des humains :
La palme des héros pare tes jeunes mains.
O mon fils ! qu'ils sont beaux ces premiers jours de gloire
Qui promettent nos noms aux pages de l'histoire !
Qu'ils sont beaux ! et pourtant comme il va t'en coûter,
En voyant à quel prix il les faut acheter !
Alfred, entends ces cris ! La mère désolée
Voile d'un crêpe noir sa vieillesse isolée.
La victoire a , chez toi , détruit l'inimitié ;
Tu tressailles d'orgueil et pleures de pitié.
Console-toi, pourtant, en partageant ses larmes :
Dès ton adolescence élevé pour les armes ,
Instrument de succès, fait pour vaincre ou mourir,
Le devoir te parlait, il fallait obéir ;
Et ta juste douleur, à tes lauriers unie ,
Est la goutte de fiel au vase d'ambroisie.

L'hiver, en suspendant les travaux des guerriers.

Te permet de revoir un instant tes foyers ;
Heureux de rapporter à ta mère attendrie
Cette croix, prix du sang versé pour la patrie.
Hélas ! elle a déjà terminé ses destins ;
Et quand tu triomphais dans des climats lointains,
Du fils qu'elle bénit à son heure dernière,
Elle appelait la main pour fermer sa paupière.
A ses mânes chéris tu ne peux plus offrir
Que le juste tribut d'un tendre souvenir.

Mais bientôt le printemps te rappelle au carnage ;
Et pour renouveler ton modeste équipage,
Le champ qui t'a nourri se convertit en or.
Tu t'élances, muni de ce faible trésor,
Vers les bords illustrés où la gloire fidelle
Promet à tes efforts une palme nouvelle.
Après de longs travaux et des succès divers,
Arrive, hélas ! pour toi le moment du revers.
Franchissant les remparts d'une ville ennemie,
Tu dois ouvrir l'accès de la place investie ;
On confie aux soldats que ta valeur conduit
Le périlleux honneur d'une attaque de nuit :
Tu succombes !... Du jour la jeune avant-courrière
Te voit, parmi les morts, couché sur la poussière :
Pourtant tu vis encor. D'un éloge flatteur,
Un brave général a payé ta valeur ;
Un bras même échangé contre un fait mémorable
Est de tes droits sacrés la preuve irrécusable.
Le monarque, toujours noble appui du héros,
Des faveurs de Plutus veut combler ton repos ;
Et pour y savourer ce repos salutaire,

Tu découvres dans peu le toit héréditaire.

Le champ qui t'appartint fait éclore un soupir ;

Mais le Prince a promis, tes peines vont finir.

Oui, le Prince a promis, et de son diadème

Emanent la justice et la bonté suprême ;

Mais, cher Alfred, il est un monstre redouté,

Pâlissant au seul mot de générosité :

Dans une grotte obscure et par l'encre noircie,

Il naquit du soupçon et de la minutie.

A la sombre clarté qui règne en ce séjour,

Ses doigts d'un chiffre arabe essayaient le contour.

La chicane soignant ses jeunes destinées,

Agita son berceau de ses mains décharnées.

D'un dédale de lois il chemine escorté,

Et ce monstre a pour nom LA COMPTABILITÉ (5).

La plume paraît seule en sa main désarmée ;

Mais de nos intendans il fait vivre l'armée :

Grâce aux nombreux efforts du monstre protecteur,

Mars est par leurs bons soins devenu procureur.

Vingt bureaux, de ton sort les différens arbitres,

Ont le droit tour-à-tour de discuter tes titres (6).

En vain on te promit les faveurs de la cour,

Car pour le MAXIMUM il te manquait un jour.

Monsieur le directeur, fidelle à l'ordonnance,

De la réduction a porté la sentence.

Vainement tu reviens sur cet arrêt fatal,

Tu tombes accablé sous le huit floréal (*).

Avant de recevoir ce coup qui t'assassine,

____

(*) Date d'une loi sur les retraites.

Tu soupais en espoir dans ta froide cuisine ;
On t'apprend que l'an sept un tel a décidé .
Que le repas du soir ne t'est pas accordé.

Tu demandes, Alfred, après tes longs services,
Quels biens te resteront pour tant de sacrifices ?
Par ces dégoûts nombreux, ton esprit attristé
M'accuse pour t'avoir montré la vérité ;
Tu me blâmes tout bas de trop de prévoyance.
Connais-les donc ces biens si chers à la vaillance :
Sous le double ruban ton cœur a tressailli ;
Il pare à tous les yeux ton frac enorgueilli.
Grâce à ce signe heureux, de la publique estime
Tu recueilles partout le tribut légitime :
A son brillant aspect, l'habitant du hameau,
Sitôt qu'il t'aperçoit, abaisse son chapeau.
Ces emblèmes d'honneur et ton glaive fidelle
Suivront jusqu'au tombeau ta dépouille mortelle ;
On lira sur ta pierre : « Ici dort un soldat
» Qui combattit long-temps pour le Prince et l'Etat. »

Voilà, voilà, mon fils, la noble récompense
Que tout cœur généreux doit savourer d'avance.
A l'homme, voyageur dans ce triste univers,
Qu'importent un peu d'or, la mort ou les revers,
Si son utile sang, aux plaines de Bellonne,
Protégea son pays, défendit la couronne ;
Si la France long-temps garde son souvenir,
Et redit ses exploits au dernier avenir ?

NOTES.

N.º 1, Page 2.

Autrefois, dans ces temps et d'astuce et de brigue, etc.

On sait que la noblesse était autrefois toute militaire, et les appointemens si faibles, que c'est avec vérité que l'on considère ici ses services comme gratuits. Aucun gentilhomme ne pensait qu'il lui fût permis de se soustraire à ce noble impôt; aucun ne supposait qu'il lui fût permis de choisir une autre carrière. Mais il apportait alors avec lui l'avantage d'un nom déjà respecté dans l'armée; une loi ne l'avait pas déshérité des services rendus par ses ancêtres; sa route était tracée; son devoir se bornait à la suivre : il connaissait son point de départ, et pouvait pressentir celui d'arrivée. Une ambition raisonnable lui était seule permise; et s'il eût été assez malheureux pour se livrer à de coupables penchans, la crainte de déshonorer sa famille était une puissante garantie vis-à-vis de l'Etat. Loin de moi la pensée d'exclure des emplois militaires aucune des classes de la société; mais je voudrais que, sauf de rares exceptions, les seuls individus doués de quelque fortune et de quelque éducation pussent y prétendre. J'en développerai davantage les motifs dans la note n.º 4.

N.º 2, Page 4.

. . . . ils n'ont point arrêté,
Ou ta solde de route, ou ton indemnité.

Les nombreuses démarches qu'il faut faire pour arriver au paiement de la plus faible somme, les retards qui résultent du vice de l'administration actuelle, ne sont pas l'un des moindres dégoûts qui suivent à chaque pas le militaire. Sans doute il est des inconvéniens à toutes choses; mais il me paraît possible de diminuer le nombre des rouages de la machine administrative, et d'en simplifier le mouvement. Lors de la réunion des corps des inspecteurs aux revues et des commissaires des guerres, on avait espéré quelque amélioration; mais le système d'opération est toujours resté le même, ou du moins à peu de chose près.

N.º 3, Page 5.

Et le garde-des-sceaux te fait sous-lieutenant.

J'ignore si l'usage de soumettre au conseil des ministres SOLIDAIRES la plus simple opération de chaque département, est encore en vigueur; mais il est de fait qu'il existait en 1817 : j'en citerai un exemple. L'état-major de la 1.re division militaire éprouva, au mois de novembre de cette même année, une réduction de moitié. Le mérite de chaque officier fut discuté en conseil des ministres, et ces grands hommes d'Etat négli-

gèrent la rédaction des projets de loi qu'ils avaient à
présenter aux Chambres pour prononcer sur la destinée
de deux ou trois capitaines de l'armée.

N.° 4, Page 6.

L'autre a deux jours de plus, et l'autre est préféré.

A l'époque où le ministère annonce hautement l'intention de modifier la loi des élections, il n'est peut-
être ni sans intérêt ni sans utilité de présenter quel-
ques observations sur celle du recrutement. Créée par
les mêmes principes que son aînée, cette loi, que je
ne crains pas d'appeler désastreuse, doit maintenant
être jugée par tous les hommes de bonne foi qui se
sont trouvés à même d'en observer les effets pendant
les deux années qui viennent de s'écouler. C'est donc
avec connaissance de cause qu'il est possible d'en indi-
quer les nombreux défauts.

La première qualité d'une loi bien faite, est sans
doute sa facile exécution. Loin de posséder ce mérite,
cette loi tant vantée a nécessité déjà d'énormes cahiers
d'instructions ministérielles. Mais cet inconvénient est
si faible en comparaison des autres, qu'il suffit de le
faire observer.

Le mode employé pour le tirage au sort est à-peu-
près le plus mauvais qu'il fût possible d'admettre. Les
contingens départementaux étant déterminés, rien n'é-
tait plus facile que de les répartir, d'après le tableau
général des hommes dans le cas de l'appel, par canton

et par commune, et de laisser aux maires et aux conseils municipaux le soin de fournir le nombre prescrit ; il eût suffi, pour s'assurer de la bonté des choix, de multiplier les séances des conseils de révision, qui auraient, en ce cas, opéré d'une manière analogue à celle relative aux remplacemens. Outre l'immense avantage de laisser les communes traiter en famille l'acquit de cette dette envers l'État, et de donner par là au gouvernement royal l'attitude paternelle qui lui convient, un motif d'un grand poids encore militait en faveur de ce système. Il n'est que trop vrai qu'une prodigieuse quantité de retardataires et de déserteurs, parmi les jeunes soldats, ont laissé vide au moins un cinquième des cadres qu'ils étaient destinés à remplir ; si, au contraire, les désignations eussent été faites par les communes, elles seraient constamment le fruit d'un traité consenti entre les divers appelés, et l'on pourrait rendre dès lors les communes responsables, sans que cette mesure fût entachée de l'odieux qui l'a flétrie sous l'ancien gouvernement. Par ce moyen, le contingent déterminé serait bien réellement le contingent fourni ; l'armée atteindrait sans peine l'effectif qu'elle doit avoir ; les diverses exemptions seraient justement prononcées, et les conseils de guerre ne peupleraient pas sans relâche de condamnés les ateliers de travaux publics. De là, de très-grandes économies dans les frais de poursuite, de justice et d'administration ; de là, enfin, moins de déplacemens pour l'habitant des campagnes, moins de perte de temps, et par conséquent plus de douceur dans l'exercice du pouvoir Ces moyens, si simples, si faciles à mettre en usage, d'un avantage si positif, ont échappé totalement aux habiles rédacteurs de la loi.

L'article 14 prononce l'exemption dans divers cas, au nombre desquels se trouvent : la position d'un aîné d'orphelins, celle du fils unique ou aîné d'une veuve, et celle du fils d'un père aveugle ou septuagénaire. Sans doute ces dispositions ont été prises dans une intention bienveillante, et toutefois le vice de leur rédaction les rend abusives dans certaines hypothèses et insuffisantes dans d'autres : abusives, puisque souvent elles tournent au profit d'individus que leur fortune met dans le cas de se faire remplacer, et dont, par le même motif, les secours ne sont pas indispensables à leurs familles ; insuffisantes, puisque les motifs d'exemption qu'eût adoptés la plus simple humanité ne se trouvent pas réunis dans la catégorie favorable. En veut-on connaître un exemple entre beaucoup d'autres ? Les difficultés qui se sont élevées de toutes parts ont, comme je l'ai dit plus haut, nécessité de la part du ministère une nombreuse série d'explications et d'interprétations, chose déjà, si je ne me trompe, tout-à-fait inconstitutionnelle, puisque c'est donner force de loi à l'opinion particulière d'un dépositaire accidentel de l'autorité royale. Mais du moins, sans doute, l'humanité, la *libéralité* des décisions en aura fait oublier l'irrégularité. Un préfet a soumis au ministre la question suivante : *Le fils aîné d'un père paralytique* (et non septuagénaire) *est-il susceptible d'exemption ?* Sans doute si la lettre de la loi se taisait à cet égard, son esprit n'était pas douteux ; l'existence d'un père paralytique, quel que soit son âge, est sans doute une charge plus grande que celle d'un septuagénaire valide....... La question a été résolue négativement ! elle l'a été par, ou du moins sous les auspices du ministre père réel ou putatif de cette loi, selon ses amis, l'un des chefs-d'œuvre de l'esprit humain. Le système des vétérans assujettis à un service territorial peut être présenté avec quelque avantage ; mais qui ne sait que son exécution est une chimère ? En effet, quels sont les hommes qui, rentrés dans leurs foyers, rendus à leurs premiers travaux, devenus époux et pères, quitteront volontiers leurs douces habitudes pour reprendre, ne fût-ce qu'accidentellement, le dur métier des armes ? C'est en vain que pour garantie on en appellerait à l'honneur, à ce mystérieux principe de tout ce qu'il y a de beau et de bon dans un noble cœur ; on nous a trop accoutumés à réclamer sans cesse des droits personnels, qui ne sont, au fait, que des prétentions de l'égoïsme, pour qu'il puisse nous rester rien d'idéal, et, par conséquent, rien de généreux. La voix de la loi ne parle que d'intérêts ; la voix de l'honneur ne parle que de sacrifices. Il est facile de prévoir le résultat.

Examinons maintenant ce fameux titre 6, relatif à l'avancement.

Nul ne pourra être sous-officier, s'il n'a servi deux ans comme soldat.

Nul ne pourra être officier, s'il n'a servi deux ans comme sous-officier.

Le tiers des sous-lieutenances de la ligne sera donné aux sous-officiers.

Tels sont les avantages accordés au soldat, avantages que la durée de son service, fixée à six ans, rend à-peu-près illusoires ; car il faudrait, pour qu'il pût en profiter, qu'une vacance survînt tout à propos à l'expiration des quatre ans exigés. Le tiers des vacances possibles parmi les emplois de sous-lieutenans, et pendant la durée de deux ans, reste des six prescrits, est donc offert à l'espérance de tous les sous-officiers de l'armée. N'est-ce pas une véritable dérision, ou, pour mieux dire, une porte de secours complaisamment réservée à la faveur, mais à elle seulement ?

A côté de cette petite jonglerie, quels inconvéniens réels et terribles ne se présentent-t-ils pas à la plus simple réflexion ? Aucun père de famille, jouissant de quelque aisance, ne permettra à son fils de commencer un état qui ne peut en devenir un pour lui qu'au bout de quatre ans de service comme soldat ; aucun n'osera confier aux chances hasardeuses d'une telle vie, les mœurs, les habitudes sociales d'un jeune homme de dix-huit ans : par conséquent, la force même des choses amenera le corps d'officiers de l'armée à n'être plus composé que d'hommes, braves sans doute, tous les Français le sont, mais dépourvus de cette éducation première que rien ne peut remplacer, et qui assurait à l'officier français par toute l'Europe une réputation de mérite et d'urbanité si flatteuse et si bien justifiée. Le défaut absolu de fortune dans les corps est aussi la suite nécessaire de ces dispositions. Que l'on consulte les colonels, pour savoir si cette considération est nulle. Si l'Etat était assez riche pour assurer à tous les grades une existence convenable, cet inconvénient disparaîtrait ; mais dans la position actuelle des choses, malgré les 200 fr. récemment accordés aux sous-lieutenans, chacun sait qu'ils peuvent à peine vivre de leur traitement : plusieurs sous-officiers ont même regretté d'avoir obtenu l'épaulette, par suite de leur mal-aise pécuniaire.

Les deux tiers des emplois de lieutenant, de capitaine, de chef de bataillon ou d'escadron, et de lieutenant-colonel, seront donnés à l'ancienneté.

Cet article semble avoir été rédigé tout-à-fait dans l'intérêt des officiers sans moyens et sans bonne volonté. Quel est celui qui, sûr de n'obtenir que du temps son lent avancement, se donnera la peine de consacrer sa vie aux études continuelles, dont le succès peut seul constituer un bon officier ? Ce malheureux principe est tout-à-fait ennemi de l'émulation, et, par conséquent, destructeur des talens en général. Les droits de l'ancienneté sont grands et respectables sans doute ; mais ils ne doivent donner de prétention qu'à la préférence à mérite égal, et à des retraites proportionnées à la durée comme à l'importance des services. Si, d'ailleurs, le principe était consacré, il n'eût jamais dû s'étendre au-delà du grade de capitaine. Combien de fois n'arrive-t-il pas, à la guerre, qu'un lieutenant-colonel commande un régiment, qu'un chef de bataillon est chargé d'une expédition isolée, et livré à ses propres forces ? Quel succès peut-on espérer alors de l'emploi d'un homme qui pour tout mérite compte des années ?

Osons le dire en résumé, la loi du recrutement est entachée d'une telle quantité de vices, qu'il est impossible de s'en promettre aucun bon effet ; que son renouvellement entier importe à la gloire du trône, à l'honneur de nos armes, à la conservation de notre territoire. La courte durée du service exigé ne présente pas aux appelés l'idée d'un état à exercer, mais seulement celle d'une corvée à faire : la preuve en est dans l'impatience avec laquelle les militaires actuellement sous les drapeaux attendent l'époque de leur libération, et dans le petit nombre des rengagemens : d'ailleurs, d'après le texte même de la loi, la masse des soldats n'aura jamais plus de six ans de service. Ainsi périront ces traditions régimentaires, si précieuses pour entretenir l'esprit de corps, sans lequel il est impossible d'obtenir rien de bon. Les soldats ne seront plus entr'eux comme une famille ; ils seront un rassemblement d'hommes isolés, étrangers par leurs intérêts, et réunis accidentellement pour un temps déterminé. En vain on voudrait opposer aux observations que j'ai faites sur l'avancement par ancienneté, la disposition qui donne le tiers au choix ; il est d'une évidence positive que ce tiers sera, comme celui accordé aux sous-officiers, la proie de la faveur.

Peut-être un ministre, que je ne louerai pas parce

qu'il est ministre, est-il destiné à réparer de si grands maux. Je le désire pour sa gloire, pour l'honneur de la France, pour le bien du service du Roi ; je le désire avec toute la chaleur d'un jeune homme, et toute l'énergie d'un militaire français.

N.º 5, Page 9.

Et ce monstre a pour nom *la Comptabilité*.

La rectitude est sans doute une qualité bien précieuse en matière de finances ; mais nos réglemens en ce genre semblent avoir été faits pour un peuple de fripons. A voir la quantité de formalités, de signatures exigées pour autoriser ou régulariser le moindre emploi d'argent, on est tenté de croire qu'on a voulu substituer la force des écritures à la loyauté des consciences.

N.º 6, Page 9.

Vingt bureaux, de ton sort les différens arbitres,
Ont le droit tour à tour de discuter tes titres.

N'est-ce pas une chose déplorable que la parcimonie apportée dans la fixation des soldes de retraite ; et si un peu d'arbitraire est reconnu quelquefois indispensable, n'est-ce pas là le cas de l'application ? Quoi ! pour un jour de moins, un militaire recommandé par les plus importans services sera traité d'une manière moins favorable que celui qui, vieilli dans les dépôts ou dans les places de l'intérieur, a paisiblement atteint le temps de droit ? Encore si ces traitemens, si modiques, étaient accordés sans délai ; mais, grâce à l'heureux système de centralisation, il est physiquement impossible qu'un laps de temps d'une longueur effrayante ne s'écoule pas avant que le sort d'un réclamant soit décidé. Souvent un pauvre militaire attend une année la modique gratification de 100 francs, *une fois payée*. Les bureaux du ministère n'ont pas jugé qu'un lieutenant-général commandant une division fût une autorité assez respectable pour décider sur une question de cette importance ; et comme ni le ministre ni les directeurs ne peuvent tout voir , il en résulte qu'un employé à 1,200 francs prononce sur une affaire que l'on trouve au-dessus des forces du commandant d'une province. Outre l'avantage de faire *gratis* ce qui coûte de grands frais administratifs , on trouverait à charger de travaux semblables les généraux divisionnaires, l'avantage de leur donner, dans leur territoire, la considération qui naît du pouvoir de faire quelque bien.

La réforme complète des abus que je signale est difficile , je l'avoue ; mais il serait possible de multiplier les quotités des retraites, et de laisser aux lieutenans-généraux la faculté de classer dans telle ou telle catégorie les individus réclamant par l'appréciation de leurs droits, bien entendu que ces opérations partielles seraient, par trimestre, semestre ou année, soumises à un examen général fait dans les bureaux du ministère ; ce qui n'entraînerait pas un grand travail, puisqu'il n'existe en France que vingt-une divisions militaires.

Fin.